Rita Maria Fust

Engerlings Nacht

Historische Kurzgeschichte

Bibliografische Information der Deutschen Nationalbibliothek: Die Deutsche Nationalbibliothek verzeichnet diese Publikation in der Deutschen Nationalbibliografie; detaillierte bibliografische Daten sind im Internet über dnb.dnb.de abrufbar.

© 2017[1] RMFust – Text und Cover
Lektorat: Dr. Ulrike Brandt-Schwarze, Bonn
Herstellung und Verlag:
BoD – Books on Demand, Norderstedt

ISBN 978 3 74315 204 5

Eventuelle Namensgleichheiten der Figuren dieser Geschichte mit lebenden oder verstorbenen Personen sind rein zufällig und nicht beabsichtigt.
Die Charaktere und das Verhalten der historischen Persönlichkeiten sind fiktiv.

Lippstadt, die Nacht vom 24ten auf den 25ten August 1764

Der Mann ist tot. Verblutet. Elendig verreckt. Er hatte es nicht anders verdient, denn er hatte ihm, Caspar Engerling, gedroht, den Ruf seiner Tochter zu ruinieren. Bernhard Buersmeyer, dieser Lump von Kaufmannsdiener, wollte doch tatsächlich in der Stadt verlauten lassen, dass sich seine Tochter mit Männern eingelassen habe. Er könne es, so hatte Buersmeyer grinsend hinzugefügt, auch selbst in die Hand nehmen und sich mit ihr vergnügen, damit niemand ihn einen Lügner schimpfen könnte. Ja, es wäre ihm eine wahre Freude gewesen! – Doch dann kam alles anders, und jetzt ist Buersmeyers tot.

Eben das hatte Engerling auch so gewollt. Zuerst hatte er versucht, die Zunge einfach mit seinen Fingern ein Stück aus dem Mund zuziehen und abzuschneiden. Doch sie war warm und weich; er konnte sie nicht greifen. Immer wieder war sie ihm durch die Finger geglitten. Mit der breiten Zwickzange hatte er dann die Zunge fassen können und diese mit einer Klinge tief im Rachen abgeschnitten. Buersmeyer war noch nach dem Heraustrennen der Zunge einmal kurz zu sich gekommen, hatte gurgelnd geröchelt und vor Schmerz geschrien. Da hatte Engerling ihm ins Haar gegriffen, den Kopf angehoben und diesen mit voller Wucht auf den Boden geschmettert. Dann herrschte Stille. Doch dass ein solcher Schnitt derart bluten würde, hatte er – Engerling – nicht bedacht. Der Boden seiner Schusterwerkstatt ist dunkelrot getränkt; in seiner Not hatte er das Blut, das dem Mann aus dem Munde quoll, mit Tüchern aufzufangen versucht. Zu guter Letzt hatte er sogar dessen Lippen mit Sattlerstichen aufeinander genäht und die Nasenlöcher zugestopft. So hatte er der Blutung zumindest äußerlich ein Ende bereitet.

Die abgetrennte Zunge des Mannes hatte Engerling in ein altes Tuch gewickelt und unter seiner Werkbank versteckt. Mit diesem blutigen Körperteil wird er ein Zeichen setzen, hat er beschlossen. Doch nun muss er sich erst einmal der Leiche entledigen.

Engerling schleift den Toten an den Beinen zur Hintertür hinaus in den Hof und wuchtet ihn auf die Schubkarre. Mit Mühe stößt er diese unter den Holunderbusch neben dem Hühnerstall. Dann kehrt er in die Werkstatt zurück, schaut auf die blutige Bescherung und weiß nicht, wie er der Lage Herr werden soll.

Er muss die Spuren seiner Tat beseitigen! Mit Ledereimer und Schrubber macht er sich daran, das Blut aufzuwischen, doch es scheint immer mehr zu werden – was natürlich nicht sein kann, nein, aber das Wasser verdünnt es und lässt es immer mehr erscheinen. Engerling spült und schrubbt, wischt und wringt. Das blutige Wasser spritzt in alle Ecken. Ein scheinbar aussichtsloses Unterfangen.

»Himmelherrgott«, flucht Engerling wieder und wieder. »Dieser vermaledeite Hurensohn! Hätte er doch sein Maul gehalten! Nur wegen ihm muss ich hier so schuften, statt mit den anderen zu feiern.«

Als er hört, wie die Eingangstüre geöffnet wird, stößt er vor Schreck den Ledereimer mit Blutwasser um. Wütend tritt er noch mal dahinter, der Eimer fliegt gegen die Wand und hinterlässt deutliche Spuren. Alles ist voller Blut, ja es sieht nun wahrlich schlimmer als unmittelbar nach der Tat.

»Verflucht!« Mit einem lauten Knall schlägt Engerling im hinteren Teil des Hauses die Tür zu seiner Werkstatt zu. »Warum musste es so kommen?«

»Sind Sie noch gar nicht auf dem Jahrmarkt?«, ruft seine Gemahlin durch die geschlossene Tür.

Was soll nur diese dämliche Frage, ärgert sich Engerling. *Sie wird mich doch gehört haben!* Er wischt sich die Hände an der Hose trocken, reißt wütend die Werkstatttür auf und hastet nach vorne in den Eingangsbereich. Schweiß steht ihm auf der Stirn.

»Was?«, fragt er ungehalten, als er ihren Blick sieht.

»Wie sehen Sie denn aus? Ist etwas geschehen?«, fragt sie tonlos und wird bleich; ja, sie muss sich sogar am Treppengeländer festhalten, so sehr erschreckt sie sein Anblick.

Engerling schaut an sich herunter – seine Kleidung ist voller Blut. Auf seinem Hemd zeichnen sich rote nasse Flecken ab, die wohl entstanden sind, als er neben dem Mann kniete, um ihm die Zunge herauszuschneiden. Und seine Hose ist übersät mit kleinen Spritzern Blutwasser vom Schrubben. Wie soll er das erklären?

»Haben Sie sich verletzt? Soll ich Dr. Buddeus rufen?«, fragt seine Gemahlin voller Sorge.

»Nein!«, herrscht Engerling sie an. »Ich … Da war eine Kuh … die … Das Kalb lag aber quer … und da habe ich Metzger Sommerkamp geholfen«, stammelt Engerling in dem Glauben, seiner Frau einen überzeugenden Bären aufgebunden zu haben. »Gehen Sie zu Bett!«, befiehlt er und eilt zurück in seine Werkstatt.

Es dauert eine ganze Weile, bis Engerling befindet, dass kein Blut mehr zu sehen ist. So hatte er sich den Abend wahrlich nicht vorgestellt! Er hatte nur bei sich gedacht: *Ich schneide ihm die Zunge ab.* Genauer hatte er es sich nicht ausgemalt. Nun treffen ihn die Folgen seiner Tat mit voller Wucht. Er ist mit seiner Kraft am Ende, doch der Tote muss fortgeschafft werden, noch im Schutze der Dunkelheit.

Er tritt aus der Hintertür und packt die Handgriffe der Schubkarre. Die ersten Fliegen umschwirren bereits die Leiche. Er schiebt den toten Buersmeyer die Sooststraße entlang stadtauswärts. In der Ferne hört er die Lippstädter auf dem Marktplatz vor dem Rathaus feiern. Es scheinen tatsächlich alle dort auf dem Jahrmarkt zu sein, denn es ist weit und breit keine Menschenseele zu sehen, die ihn beobachten könnte. So gelingt es Engerling, ungesehen aus der Stadt zu kommen. Seit König Friedrich II. den Befehl gegeben hat, die Festungsmauern der Stadt zu schleifen, verschließt am Abend auch niemand mehr die Tore. Engerling will den Toten weit hinter dem Soesttor auf einem Acker begraben.

Verscharren, denkt er. *Dieser elende Hurensohn, dieser Hundsfotts, dieser vermaledeite* ... Doch jetzt fällt ihm ein, dass er dafür eine Schaufel bräuchte. Oder besser noch eine Spitzhacke. Das hatte er erst Ende Juni von Ferdinand Overkamp gelernt, als er – Engerling –

hinter einem Busch gehockt hatte und mit ansehen musste, wie der erfolgreichste Kaufmann von Lippstadt einem anderen Mann mit Schwung einen Spaten in den Hals schlug, als sei dieser eine Axt. Engerling war davon ausgegangen, dass dieser Mann sofort tot war, doch er hatte beobachten müssen, wie der vermeintlich Tote vom Ufer der Lippe zurückkroch, um dann doch zu verbluten. *Der Overkamp weiß, wie man Leichen verschwinden lässt*, denkt Caspar Engerling anerkennend.

Immer wieder rutscht die Leiche von der Schubkarre. »Himmelherrgott«, flucht Engerling, »dieser räudige Hund!« Schweiß rinnt ihm in Strömen den Rücken hinunter. Es ist einer der wärmsten und trockensten Sommer, an die er sich erinnern kann. Auch nachts, so wie jetzt, kühlt es nicht merklich ab. Ja, diese Hitze macht allen zu schaffen. Auch ihm. Es geht ihm gar nicht gut, nein, überhaupt nicht. Und mit einem Mal überkommen ihn Schwindel und Übelkeit. Das Herz schlägt ihm bis zum Hals. Ihm wird schwarz vor Augen, und er stürzt zu Boden. Die Schubkarre kippt zur Seite – wieder einmal –, und der Tote fällt neben

Engerling. Ihre Blicke treffen sich. Mit aufsteigendem Grausen rappelt sich Engerling umgehend auf. Er kann das Blut riechen – Blut! – wie entsetzlich. Ihm dreht sich der Magen um, und er übergibt sich neben der Leiche. Anfangs ist es nur weißer Schleim, denn er hat noch nicht zu Abend gegessen. Auch am Mittag gab es nichts. Engerling würgt und würgt, bis schließlich nur noch bittere Galle kommt.

Ich muss das hier zu Ende bringen, ruft sich Engerling selbst zur Räson. *Reiß dich zusammen*, befiehlt er sich.

Mit letzter Kraft zerrt er den Toten wieder auf die Karre und schiebt ihn zum Fluss hinunter. Als der Mond für einen Augenblick durch eine Wolkenlücke scheint, glaubt Engerling, der Tote starre ihn an! Als wollten die weit aufgerissenen Augen ihm drohen, ihn anklagen oder gar strafen. Doch was zu viel ist, ist zu viel. So geht es nicht.

»Guck nicht so!«, schreit Engerling die Leiche an. »Verschwinde!«

Voller Wut und Ekel hebt er einen Weidenzweig auf und sticht damit der Leiche die Augen aus. »Das hast du jetzt davon!« Wie im Wahn rammt er wieder und wieder und wieder den Zweig in die Augenhöhlen und hört erst auf, als der Mond wieder hinter den Wolken verschwindet.

Der Weidenzweig steckt noch immer tief in der Augenhöhle, als Engerling den Mann zum Ufer zerrt und den toten Kaufmannsdiener mit Fußtritten in den Fluss befördert. Soll er forttreiben, verfaulen, von Maden oder Aasgeiern aufgefressen werden … Dieser Abschaum, der sich an seiner Tochter mit Wort und Tat vergehen wollte! Niemals hätte er sie unter die Haube bringen können, wenn dieser Mann solcherlei schlimme Gerüchte über sie verbreitet hätte.

Wieder zu Hause stellt Engerling seine Schubkarre im Hinterhof ab, als sei nichts geschehen, wäscht sich Hände und Gesicht und zieht saubere Kleidung an. Er muss sich auf dem Jahrmarkt blicken lassen, sonst würden die Leute Fragen stellen: wo er denn gewesen sei, was er denn gemacht habe …

Auf dem Marktplatz lässt er sich selbstredend nichts anmerken und versucht sich in Glücksspielen, doch ohne Erfolg. Er ist innerlich zu aufgewühlt, um ein ruhiges Händchen zum Beispiel für Riemchenstechen zu haben. Die betrunkenen Männer lachen ihn aus, doch besser können sie es auch nicht. Aus Wut und Ärger über den Verlauf der letzten Stunden und die Dummheit der Männer kippt Engerling drei Schnäpse hintereinander hinunter. Auch den ersten Krug Bier trinkt er in einem Zug aus. Nachdem der zweite und dritte ebenfalls zügig geleert sind, spürt er, wie sich langsam ein entspanntes und zufriedenes Lächeln auf seinem Gesicht ausbreitet. Der Hunger ist vergessen, und Buersmeyer ist tot. Er wird seiner Tochter kein Haar mehr krümmen und nie auch nur ein Sterbenswörtchen über sie verlieren können. *Sterbenswörtchen*, denkt Engerling und muss grinsen. *Warum das wohl so heißt?*

»Schuster, kommen Se noch mit inne Schenke?«, lallt einer der Männer.

»Ja, warum nich?«, antwortet Engerling, denn er weiß, dass er in der heutigen Nacht der Gewinner ist, obwohl er im Glückspiel verloren hat. »Is' ne gute Nacht!«, sagt er und genehmigt sich noch schnell einen Schnaps. »Für auf'n Weech.«

Als die Männer am Bierzelt vor dem Rathaus vorbeigehen, fällt Engerling ein, dass er noch etwas Wichtiges zu erledigen hat. Wie hatte er das vergessen können?

»Bestell'n Se mir auch einen! Ich komm gleich nach«, ruft er und schickt die Männer voraus in die Schenke ›Goldener Hahn‹. Sie schlurfen weiter, ohne ein Wort über Engerlings merkwürdiges Verhalten zu verlieren.

Engerling eilt nach Hause und holt nicht nur die in das Tuch gewickelte Zunge aus seiner Werkstatt, sondern auch einen Nagel. Den Hammer wollte er mitnehmen, doch dann käme er in die Verlegenheit, sich des Werkzeugs entledigen zu müssen. *Mit einem Stein wird es auch gehen*, glaubt Engerling. Er hat nämlich beschlossen, die Zunge Buersmeyers an die Rathaustür zu nageln. *So setze ich ein Zeichen*, denkt er, ohne sich

Gedanken darüber zu machen, was genau er damit zu bezwecken gedenkt. Morgen früh wird die Zunge gefunden werden, und jeder wird begreifen, dass es irgendwie um Rufmord geht. Dem Himmel sei Dank, dass Egerling diesen zu verhindern wusste!

Mit einem losen Pflasterstein hämmert Engerling den mitgebrachten Nagel durch die Zunge in die hölzerne Rathaustür und malt sich aus, wie die beiden Bürgermeister – Dr. Rose und Herr Schmitz – in wenigen Stunden hier stehen, sich am Kopf kratzen und die Welt nicht mehr verstehen werden. Eine Vorstellung, die ihn – Engerling – erheitert. Zu schade, dass er das nicht sehen kann! Aber das geht natürlich nicht – seine Freude würde ihn womöglich verraten. Er könnte vor Erleichterung und auch vor Stolz jubeln, denn der Besitzer dieser Zunge, dieser elende Schuft, wird seiner Tochter nichts anhängen können. Engerling hat das Schicksal in die Hand genommen, und es ließ sich zum Guten wenden. Gott sei dank! Ein letzter Schlag, und die Zunge hängt an der Rathaustür.

»Was machst du da?«, fragt ein Weib und schmiegt

sich von hinten an seinen Körper. Ihre Brüste drücken an seinen Rücken, und ihre Hände legen sich auf seinen Bauch. Engerling fährt herum. *Eine Dirne! Verdammt! Sie muss weg! Weg – weg – weg! Sie darf nicht sehen, was ich getan habe!*

»Verschwinde!«

»Willst du mich nicht?«, fragt sie und kräuselt schmollend die Lippen.

»Nein!« Engerling packt sie grob an den Schultern und schiebt sie immer weiter auf den Marktplatz, fort vom Rathaus.

»Bei mir darfst du alles«, lockt sie und hebt ihre Röcke. »Was magst du am liebsten?«

»Mach die Augen zu!«

»Hab ich«, sagt sie und kichert.

»Warte, noch ein paar Schritte. – So. Jetzt. Mach die Augen auf und hau ab!«

»Wir können doch ein schönes Stündchen miteinander haben«, beharrt sie und rührt sich nicht vom Fleck.

»Nein, verdammt!«, fährt Engerling sie an.

»Aber du willst es doch!« Die junge Frau zieht ihren Ausschnitt tiefer. »Alle Männer wollen es!«

»Ich will nichts als meine Ruhe. Verschwinde!«

»Dann gib mir Geld!«

»Warum sollte ich das tun?«

»Weil ich sonst rumerzähle, dass du was an die Rathaustür genagelt hast. Das darf man bestimmt nicht.«

Blind vor Zorn packt Engerling die Dirne am Hals und presst sie gegen eine Hauswand. »Niemand glaubt einer Hure«, zischt er, obwohl er weiß, dass durch ihre Behauptung eine Frage aufgeworfen würde, die er nicht widerlegen könnte. Hinter ihm auf der Marktstraße hält eine Kutsche und er hört, wie Menschen aussteigen. Ein Mann und eine Frau unterhalten sich angeregt, doch Engerling beachtet sie nicht.

Als er seine verkrampften Hände vom Hals der Hure nimmt, rutscht sie stumm an der Wand hinunter. Sie fordert nichts, aber auch gar nichts mehr.

Obwohl plötzlich Ruhe herrscht, hallen in Engerlings Ohren die Schmerzensschreie Buersmeyers nach. Er glaubt sogar zu hören, wie die Klinge die Zunge abtrennte. Er schüttelt sich, um die Geräusche zu vertreiben, und atmet ein paar Mal tief durch. Dann erst sieht er hinunter auf die Dirne, die in unnatürlicher Haltung am Boden kauert. *Warum? Warum liegt sie da so?* Nur langsam begreift er, was geschehen sein muss: Er hat sie getötet. Erwürgt mit seinen eigenen Händen!

»Himmelherrgott! Hätte mich das Weib doch in Ruhe gelassen«, schimpft Engerling leise vor sich hin.

Kurzerhand wirft er sich die Tote über die Schulter und trägt die Dirne zum Fluss am Lippertor. Es sind ja nicht allzu viele Schritte. Dort stößt er sie die Böschung hinunter zum Wasser. Niemand darf ihn mit der Hure und ihrem Tod in Verbindung bringen! Und es gibt ja genügend von diesen Weibern, da kommt es doch auf eine nicht an.

Jetzt aber schnell zur Schenke, denkt er, *die Männer warten auf mich.* Aber wie soll er erklären, was er die ganze Zeit über gemacht hat? Wie lange hat es überhaupt gedauert? Lange. Viel zu lange. Es wird ja schon langsam hell!

In der Tür zur Schenke begegnen ihm Strenger und

Steinbicker, zwei Glasermeister, die sich auf den Heimweg machen. Sie nicken wortlos und gehen an Engerling vorbei.

Drinnen in der Gaststube ist es unerträglich stickig. Es riecht nach Schweiß und Alkohol. Die Männer sitzen um den großen Tisch herum und saufen Bier. Aber sie sind nicht allein. Bei ihnen sind ein fremder Mann und ein junges Mädchen, das lang auf der Bank liegt und schläft.

»Da is ja unser Engerling. Wir dachten schon, Se sind nach Hause gegangen, Sie Versager!«, lallt einer. Die Anderen johlen ausgelassen und meinen das Riemchenstechen, das Engerling so gar nicht gelingen wollte. Er denkt allerdings an etwas anderes, an das, was in den letzten Stunden geschehen ist. Erst der Mann, der seiner Tochter übel nachreden wollte und dann die Dirne an der Rathaustür. Nun sind beide tot, treiben im Fluss fort und nehmen all ihre ungesagten drohenden Worte mit sich.

»Guten Abend. Angesichts der frühen Stunde

müsste ich eigentlich schon einen ›Guten Morgen‹ wünschen. – Mein Name ist Casanova, Giacomo Casanova«, stellt sich der Fremde vor. »Wir sind auf der Durchreise und haben trotz der unpassenden Zeit nach einer Mahlzeit verlangt.«

Engerling nickt und schweigt.

»Stell'n Se sich vor, Engerling, der Cosa-Dings hat gerade erzählt, dass er mit dem jungen Ding da – Redo-do-do-irgendwie heißt sie – auf'm Weg nach Braunschweig ist. Da wartet ihre Mutter auf sie, aber vorher will er sich noch 'n paar vergnügliche Stunden mit ihr machen«, sagt einer der Männer sichtlich beeindruckt.

»Wie Mann und Frau werden wir zu Bette gehen«, erklärt Casanova in angeberischem Ton. »Die Weiber zieren sich nur der Form halber, sie wollen, dass wir Männer bitten und betteln. Wenn Sie sich daran halten, *signori*, dann sind sie Ihnen zu Willen!«, belehrt Casanova die Männer. »Als wir eben angekommen sind, habe ich einen Mann gesehen, der sich ungelenk an einer *prostituta* zu schaffen machte«, sagt Casanova und sieht Engerling mit einem alles sagenden Grinsen an.

Dieser erschrickt, ihm wird ganz heiß. Die Kutsche! Das muss der Casanova gewesen sein. Und nun denkt er, Engerling habe sich an der Hure Erleichterung verschafft, was nicht stimmt. Er hatte das Weib erwürgt, eine glückliche Fügung, wenn man so will, aber die beiden Fremden müssen ihn dabei beobachtet haben, und als ob das noch nicht schlimm genug wäre, haben sie vielleicht auch gehört, was die Dirne alles gesagt hat. Alles! Doch wenn dieser Mann, dieser Casanova, tatsächlich etwas mitbekommen hat, lässt er es sich nicht anmerken.

»Wenn ich in den Gasthäusern Europas von meinen erregenden Geschichten wie beiläufig zu plaudern beginne, sind alle ganz Ohr«, sagt Casanova grinsend. »Denn das ist es, was Männer wie Sie hören wollen, um dann nach Hause zu gehen, um sich wie Weiberhelden zu fühlen und aufzuführen. Die meisten Kerle sind viel zu schlicht, um zu erkennen, was es braucht, um ans Ziel zu kommen: Die Damen legen Wert auf *complimenti*, und natürlich bedarf es gewisser Fertigkeiten, die ich wie vielleicht kein anderer beherrsche, um die Weibsbilder frohlocken zu lassen.«

Die Männer johlen vor Begeisterung und stören sich nicht an der Überheblichkeit dieses italienischen Weiberhelden. Ja, sie bemerken auch nicht, dass er sie im Grunde sogar beleidigt hat. Sie wollen mehr hören!

»Sie entschuldigen mich einen Augenblick, *signori*? Ich muss kurz austreten«, sagt Casanova nach einer Weile aufregender Erzählungen und verlässt den Schankraum.

»Engerling, von dem können Se noch was lernen«, tönt einer der Männer, die anderen lachen schallend.

Eine gute halbe Stunde hatte Casanova von den jungen Damen erzählt, die sich ihm auf seinen Reisen angeboten hätten. Bettina, Lucia, Anita und Marietta, Lukrezia und Christine, hatte er sie – und sogar all ihre lüsternen Taten – beim Namen genannt. In einem Büchlein halte er fest, wie er sie und sie ihn befriedigt hätten. Und sollte er je in die Verlegenheit einsamer Stunden kommen, werde er darin lesen und sich an diese – seine! – galante Zeit erinnern.

Durch Casanovas lebhafte Schilderungen können die Männer nur noch an das eine denken. Mit gierigen Blicken verschlingen sie dessen Begleitung – Redegonda –, die ja auch eine zu sein scheint, die ...

»Engerling, wie wär's?«, fragt einer und deutet mit dem Kopf auf das schlafende Mädchen, dessen Röcke verrutscht sind und die Waden freigeben. Bevor Engerling sich eine Antwort abringen kann, stellt der Wirt eine dampfende Schüssel und zwei tönerne Teller auf den Tisch.

»Mein Fräulein«, sagt er laut und stupst Redegonda an die Schulter. »Aufwachen! Essen Sie.« Damit macht er mit einem Schlag alles zunichte, was sich die Männer ausgemalt hatten.

»Wo ist denn meine Begleitung? Wo ist Casanova?«, fragt das Mädchen schlaftrunken und richtet sich auf.

»Pissen!«, sagt Engerling. »Aber schon lange. Zu lange! Wo bleibt er denn?«

»Ich schaue mal nach ihm«, sagt das Mädchen, als es ein paar Löffel gegessen hat. Sie will aufstehen, aber Engerling packt sie am Arm.

»Franz, die beiden Fremden wollen die Zeche prellen!«, ruft er dem Wirt zu, doch dieser winkt ab. Der Herr Casanova habe ihm das Geld längst gegeben, viel mehr als nötig gewesen wäre, er scheine ein Mann zu sein, der wisse, was sich gehöre.

»Gerade der weiß es nicht!«, braust Engerling auf. »Sie waren ja in der Küche und haben nicht mitbekommen, wie er mit seinen angeblichen Liebschaften geprahlt hat. Wie viele junge Mädchen ihm schon zu Willen waren, und mit keiner sei er verheiratet«, betont er empört. »Sie würden sich ihm förmlich aufdrängen, er zwinge sie zu nichts. Sie wollten es alle, weil er so …«

»Engerling, dann passen Sie mal lieber auf Ihre Tochter auf. Wo ist sie überhaupt?«

»Wieso? Zu Hause, wie sich das für ein anständiges Fräulein gehört«, antwortet Engerling verunsichert.

»Sie ist eben am offenen Küchenfenster vorbeigegangen und hat gefragt, ob ihr Vater noch hier wäre. Der Mutter gehe es nicht gut, irgendwas Furchtbares sei passiert, sie wisse nicht was, aber alles wäre voller Blut.«

»Ach, dummes Zeug!«, brummt Engerling. Das Herz schlägt ihm bis zum Hals. Niemand darf je erfahren, dass er dem Mann die Zunge herausgeschnitten hat, damit dieser nicht schlecht über seine Tochter sprechen konnte.

»Wenn schon die Tochter in die Schenke kommt, um den besoffenen Vatter abzuholen …«, lallt einer der Männer und rülpst laut. Die anderen lachen, weil sie immer lachen. »Wie alt is' se? Sechzehn?«, fragt einer.

»Ist 'n hübsches Ding«, stellt ein anderer fest. »Und sechzehn is 'n gutes Alter, um …« Weiter kommt er nicht, denn Engerlings Fausthieb bringt ihn zum Schweigen.

»Wo ist sie jetzt?«, fragt Engerling und reibt sich die schmerzenden Fingerknöchel.

Bevor der Wirt etwas antworten kann, kehrt Casanova zurück in den Schankraum. Alle Augen sind auf ihn gerichtet, als er sich an den Tisch setzt. Er gibt vor, das nicht zu bemerken und beginnt zu essen. Als der Teller leer ist, öffnet er vorne seinen Hosenlatz, um Platz für den gefüllten Bauch zu schaffen, und seufzt wohlig.

»Wissen Sie, *signori*, es gibt Männer, denen fliegen die Mädchen nur so in die Arme. Ich bin so ein Glücklicher! Als ich eben hinausgegangen bin, um mich zu erleichtern, stieß ich mit einem jungen Mädchen zusammen. Sie war sehr aufgeregt, stammelte etwas Unverständliches und atmete viel zu schnell. Ich habe meinen Finger auf ihre vollen, warmen Lippen gelegt, zum Zeichen, sie möge zur Ruhe kommen. Sie schaute mich mit großen Augen an, für einen Moment bestimmte die Angst ihren Blick, doch dann änderte er sich, wie ich es schon oft erlebt habe. In ihren grünlichen Augen las ich Erstaunen, gefolgt von Begierde, ja sogar gieriger Lust. Von ihren Gefühlen überwältigt, sank sie ohnmächtig zu Boden. Ich öffnete umgehend die obersten Knöpfe ihres Kleides, damit sie Luft bekam, und genoss die beiden kleinen runden Anblicke, die sich mir boten.«

»Was haben Sie mit ihr gemacht?«, brüllt Engerling, als er begreift, dass seine Tochter in die Hände dieses … dieses … Casanova gefallen ist. Er ringt den

Fremden zu Boden und drischt außer sich vor Wut auf den Mann ein. Was hatte er heute nicht schon alles getan, um den Ruf seiner Tochter zu schützen? Er hatte eine Zunge aus einem Mund geschnitten, hatte die Schmerzensschreie des Mannes hören müssen, bis dieser elendig verreckt war, hatte der Leiche die Augen ausgestochen und sie dann in den Fluss geworfen. Er hatte sich von einer Dirne überraschen lassen, er hatte sie voller Zorn gewürgt, bis sie tot war und hatte sie ebenfalls in den Fluss geworfen.

»Was haben Sie mit meiner Tochter gemacht?«, brüllt Engerling.

Es darf nicht am Ende der Nacht genau das eintreten, was er seit Stunden mit aller Kraft zu verhindern versucht. Der Ruf seiner Tochter darf nicht ruiniert werden!

»Nur das, was ihr gefällt«, flüstert Casanova mit aufgeplatzter Lippe und lächelt selbstgefällig. »Sie wissen doch, was die Frauen wollen! Ach nein, verzeihen Sie, Sie sind ja der, der junge Mädchen an die Hauswand drückt, um sich an ihnen zu vergehen. Wie alt war sie? So wie Ihre Tochter?«

Voller Wut schlägt Engerling weiter auf Casanova ein, der sich beachtlich zu wehren weiß. Die anderen Männer schauen gar nicht zu, sondern sind erregt vom Anblick Redegondas, müde vom Jahrmarkt und besoffen vom Schnaps. Sie begreifen nicht, dass es um weit mehr geht als den Ruf der Schusterstochter. Es geht um die Geheimnisse dieser Nacht.

»Sie haben sie entehrt. Sie haben sich an ihr vergangen! Ihre fleischlichen Gelüste haben Sie nicht im Zaum halten können, Sie … Sie …« Engerling fehlen die Worte.

»Sie sollten nicht von sich auf andere schließen! Ich habe ihr nichts getan«, versichert Casanova. »Aber ich hätte es tun können.«

»Nichts getan? Das glaub ich nicht!«, brüllt Engerling.

»Ich habe es nicht nötig, eine Dame gegen ihren Willen zu nehmen oder zu einer Hure zu gehen. Jedes Fräulein und jede Frau steigt freiwillig zu mir ins Bett. Dutzende hatte ich schon! Ich erfülle ihre Wünsche und sie meine. Sie tun alles für mich! Verstehen Sie? Alles! Auch Ihre Tochter täte es, da bin ich sicher. Man muss sie nur ein bisschen ... heranführen.« Casanova lächelt genießerisch.

Was zu viel ist, ist zu viel! Engerling, der stets ein Messer bei sich trägt, zieht dieses kurzerhand aus seiner Tasche und versucht, Casanova vorne in die bereits geöffnete Hose zu greifen. Mit einer stumpfen Klinge würde er ihm gern sein angeblich bestes Stück abschneiden, denn jeder weiß, dass solche Schnitte noch schmerzhafter sind, als die glatten von scharfen Klingen. »Sie werden keine Frau mehr *glücklich* machen!«, brüllt Engerling voller Hass und Ekel. Casanova schlägt entsetzt um sich, schreit und bekommt rechtzeitig Schützenhilfe von den Männern. Sie stoßen Engerling in eine Ecke des Schankraumes. Alkohol und Hunger lassen ihn taumeln.

Als Casanova wieder auf den Beinen ist und sich vergewissert hat, dass das größte aller Unglücke rechtzeitig abgewendet worden ist, schickt er sich an, die Schenke zu verlassen.

»Ich bin noch nicht fertig mit Ihnen!«, ruft Engerling hinter ihm her. »Kommen Sie umgehend zurück!«

Und tatsächlich dreht sich Casanova um, tritt ganz nah an Engerling heran und flüstert: »Ich habe Ihre tote Dirne kopfunter im Gestrüpp der Uferböschung hängen sehen, als ich mich um das Wohl Ihres Fräulein Tochter gekümmert habe. Ich habe sie die paar Schritte zum Tor an dem Fluss auf Händen getragen, damit sie besser zu Luft kommt. Hier in der Straße staut sich die Hitze so. Dort habe ich gesehen, dass sie sich ihrer Reize nicht zu schämen braucht, wirklich nicht, sie ist vorzüglich entwickelt … Wenn Sie nicht wollen, dass ich Ihr Fräulein Tochter nach allen Regeln verführe und in der Stadt von der *prostitua* erzähle, lassen Sie mich jetzt in Frieden gehen! Ich kann Menschen wie Sie nicht ausstehen. Deshalb werden wir unseren Aufenthalt hier und jetzt abbrechen. Eigentlich hatten wir geplant, ein paar Tag in dieser Stadt zu verweilen, doch ihre Menschen sind mir zuwider. In meiner Erinnerung wird Lippstadt kaum mehr als eine Zeile wert sein. Redegonda, *andiamo*.«

Casanova weiß vom Tod der Dirne? Engerling schäumt vor Wut. Was soll er jetzt tun? Nochmals versuchen, sie ins Wasser zu werfen und Casanova ebenfalls die Zunge herausschneiden, damit er nichts verrät? Doch vielleicht ist längst alles zu spät? Wenn sich Casanova an seiner Tochter vergangen hat, dann ... Dann wäre alles umsonst gewesen, und ein Morgen würde es nicht geben.

Casanova legt Redegonda seine Hände auf die Wangen und küsste sie vor den Augen aller begierig. Dann geht er mit ihr zum Ausgang. In der Tür dreht er sich noch einmal um »Ich habe nichts zu verlieren«, sagte er, »nichts außer meiner Wirkung auf die Frauen.«

»Ich muss nach Hause und sehen, dass es meiner Tochter gut geht!«, sagt Engerling nur einen Augenblick später. Eilig verlässt er den Schankraum und tritt hinaus auf die Straße. *Hoffentlich hat sie ihre Unschuld nicht verloren*, denkt er, als er zu seinen Füßen ein Büchlein liegen sieht. Er hebt es auf und blättert ein wenig darin herum. »Jetzt hat dieser Casanova doch etwas verloren –

nämlich seine Erinnerungen an galante Zeiten!«, sagt Engerling zu sich selbst und grinst, als er das kleine Buch unbemerkt in seine Hosentasche gleiten lässt.

Nachwort

Das Jahr 1764 sorgt seit Jahrhunderten für Gesprächsstoff in Lippstadt. Das Schicksal des *Kaufmanns von Lippstadt* beschäftigt die Menschen, und viele glaubten damals zu wissen, dass Caspar Engerling seinen Teil zu der Geschichte beigetragen hat, doch niemand konnte ihm etwas nachweisen. Gerade der Jahrmarkt im August – mit der Zunge an der Rathaustür, der toten Dirne am Fluss und dem leider sehr kurzen Besuch Casanovas – ist unvergessen. Und tatsächlich: In seinen Erinnerungen erwähnt Giacomo Casanova Lippstadt nur in einer einzigen Zeile: „Wir [Casanova und Redegonda] fuhren die ganze Nacht hindurch und kamen in aller Frühe in Lippstadt an, wo ich trotz der unpassenden Stunde eine Mahlzeit auftragen ließ."[1]

Die Menschen verstehen – damals wie heute – die Zusammenhänge des Jahres 1764 nicht, denn Caspar

---

[1] Vgl.: http://gutenberg.spiegel.de/buch/erinnerungen-611/19

Engerling hat Zeit seines Lebens geschwiegen.

Dass Engerlings Sohn im Jahre 1793 einem aus dem Stift Cappel kommenden Mann namens Aschendorff das Büchlein des Casanovas verkaufte, hat niemand erfahren – ja, es hätte auch niemanden interessiert. Dieser Aschendorff behauptete damals – es war der Jahrmarkt nach Pfingsten –, bei ihm sei es in guten Händen, schließlich sei er ein Dichter auf dem Weg nach oben. Dort scheint er allerdings nie angekommen zu sein. Welches Schicksal ihn ereilte, weiß nur *Das Tagebuch der Äbtissin*.

Im August 2010 wird im Wurzelwerk einer Weide der Schädel eines Mannes gefunden, doch dass dieser Baum aus der Augenhöhle des Mannes erwuchs, der in *Engerlings Nacht* den Tod fand und zuvor dem *Kaufmann von Lippstadt* – Ferdinand Overkamp – das Leben erschwert hat, ist natürlich nicht überliefert. Bernhard Buersmeyer – so hieß er – möge in Frieden ruhen.

Im Jahr 2017 taucht in Lippstadt *Das Tagebuch der Äbtissin* auf, und bestimmt gelingt es den Lesern, den Kurzbesuch Casanovas im Zusammenhang mit der Entstehung des *Tagebuches* zu sehen.

So verbindet die historische Kurzgeschichte *Engerlings Nacht* die Romane *Der Kaufmann von Lippstadt* und *Das Tagebuch der Äbtissin*.

Herzlichst,
Rita Maria Fust

Die Autorin

Rita Maria Fust ist 1971 in Paderborn geboren und studierte dort Literatur- und Medienwissenschaft (Magister). Seit 2000 lebt sie in Lippstadt und arbeitet dort als freiberufliche Autorin, Texterin und Dozentin. Sie ist Mitglied der Autorenvereinigungen HOMER und MÖRDERISCHE SCHWESTERN.

www.rita-maria-fust.de

Historische Romane von
Rita Maria Fust

Der Kaufmann von Lippstadt
Oliver Thielsens erstes Rätsel

1764: Auch nach Ende des Sieben-jährigen Krieges kommt das westfälische Lippstadt nicht zur Ruhe. Eine gewaltige Explosion macht die Stadt beinahe dem Erdboden gleich. Ein Unfall? Menschen verschwinden. Ein Zufall? Eine Zunge wird gefunden. Ein Zeichen?
2010: Das Schicksal des Lippstädter Kaufmanns Ferdinand Overkamp beschäftigt einen jungen Studenten, Oliver Thielsen. Dieser findet nicht nur ein lang gehütetes finsteres Geheimnis, sondern auch sein Leben und seine Liebe ...
ISBN 978-3-8392-1493-0

Die Gunst der Königin
Oliver Thielsens zweites Rätsel

1804: Apotheker Conasmann verfolgt einen teuflischen Plan: Für *seine* preußischen Soldaten beabsichtigt er ein leistungssteigerndes Mittel auf Opiumbasis zu entwickeln und überschreitet dabei Grenzen. Ob sich der junge aufstrebende Sertürner – der Entdecker des Morphiums – in diese Machenschaften verwickeln lässt? Und was hat Königin Luise mit all dem zu tun?
2012: Oliver Thielsen beobachtet einen promovierten Apotheker, der vorgibt, nur seine Arbeit zu machen. Doch die Todesfälle häufen sich ...
ISBN 978-3-8392-1822-8

Das Tagebuch der Äbtissin
Oliver Thielsens drittes Rätsel

1792: Der unscheinbare Urkundenkopist Aschendorff wünscht sich, in literarische Kreise aufgenommen zu werden. Er schreibt – auch um Goethe zu gefallen – einen Roman über die Fräulein im Stift Cappel und vermischt zunehmend die historischen Fakten mit unsittlicher Fiktion.
2017: Als Oliver Thielsen *Das Tagebuch der Äbtissin* und eine unbekannte Schrift Martin Luthers findet, kommen moralische Abgründe zum Vorschein, die besser im Verborgenen geblieben wären.
ISBN 978-3-95461-099-0